Àngels Prat   F

D1536800

EL ROBOT INTERNOT

Combel
EDITORIAL

Cuando papá
y mamá llegan a casa,
todos los días
encuentran
el mismo barullo.
Da igual que sea

lunes,
martes,
miércoles,
jueves,
o **viernes**.

¿QUÉ PODEMOS HACER?

UN DÍA
SE LASTIMARÁN.

ESCRIBA SU PROBLEMA.

▶ No podemos dejar a nuestros hijos solos en casa.

Papá y mamá saben que en Internet se encuentran soluciones para casi todo.

SOLUCIONES

abuelos

abuelos de alquiler

amigos

canguros

tíos/tías

padrinos

CANGUROS

canguros de Australia

canguros del zoo

chicas canguro

chicos canguro

robots canguro

ROBOTS CANGURO
▼

VENTA POR INTERNET

Unos días después llega un paquete,
un enorme paquetazo, en el que se lee
FRÁGIL, INGENIERÍA ROBÓTICA, URGENTE,
TIENDA INTERNET
y otras palabras
un tanto misteriosas.

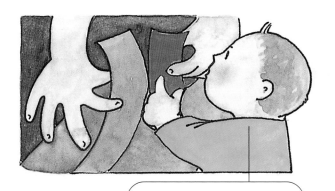

¿QUÉ ES?

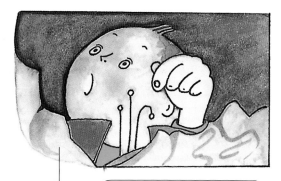

¿UNA TELE?

¡ES... UN... ROBOT!

¡Ooooooh!

¡aaaaah!

¿UN DOBOT?

Internot será el canguro ideal, los robots son unos canguros muy seguros. Están programados para vigilar a los niños y las niñas noche y día.

9

El robot Internot,

la niña

y los niños

se van al parque.

10

¡A MÍ TAMBIÉN ME GUSTARÍA UN PERRO ROBOT!

Pocos días después llega otro paquete,
un paquete **ni muy grande**, **ni muy** pequeño,
con unas letras más bien
grandes que dicen:
VETERINARIA ROBÓTICA,
SERVICIO A DOMICILIO
GUAU-ROBÓTICOS.

Guau-guau

¿TAMBIÉN SE
LLAMA *TERNOT*?

El robot Internot, los niños se van al parque.
la niña, y el perro

Pasados unos días llega otro paquete,

un paquete más bien pequeño,

con letras pequeñas:

NO TUMBAR, NO ARAÑA,
CONSTRUCCIÓN DE ROBOTS A MEDIDA,
MIAU-ROBÓTICOS...

miau, ¿cómo estáis?

El robot Internot,
la niña,
los niños,
el perro
y el gato
se van al parque.

¡A MÍ TAMBIÉN
ME GUSTARÍA
PERSEGUIR
RATONES ROBOT!

Pocos días después llegan muchos paquetes,
paquetes chiquitines, chiquitines,
con una letra tan pequeña
que sólo se puede leer con una lupa.

NO MUERDEN,
CUIDADO, FRÁGIL,
ROBOTONES.

17

El robot Internot, la niña,
los niños, el perro,
el gato y los ratones
se van al parque.

19

¿A QUIÉN QUERRÁN PERSEGUIR LOS RATONES?

Ahora, todos los días,
aunque sea **lunes**,
martes,
miércoles,
jueves,
viernes,

20

sábado,
o **domingo**…
todo va
viento en popa…

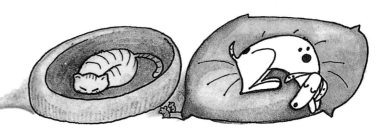

CABALLO ALADO

serie **al PASO**

Recopilaciones de narraciones dirigidas a niños y niñas a partir de 5 años. Las ilustraciones, llenas de ternura, dan personalidad a unas historias sencillas que los más pequeños podrán leer solos.

serie **al TROTE**

Recopilaciones de cuentos dirigidos a aquellos pequeños lectores que ya empiezan a seguir el hilo narrativo de una historia. Los personajes de estas historias acompañarán a niños y niñas en la aventura de leer.

serie **al GALOPE**

Serie de títulos independientes para pequeños lectores a partir de 6 años. Historias llenas de fantasía, ternura y sentido del humor que harán las delicias de niños y niñas.

serie al PASO

Mamá oca y la luna
Mamá oca y las vocales
Mamá oca y el pastel
Mamá oca y la tormenta

Texto: Maria Neira, Anna Wennberg
Ilustraciones: Irene Bordoy

Sobre la arena
Dentro del cajón
En el suelo
Arriba del árbol

Texto: Mireia Sánchez
Ilustraciones: Pau Estrada

Me gusta esconderme
Me gusta ser mayor
Me gusta ensuciarme
Me gusta hacer como los mayores

Texto: Rosa Sardà
Ilustraciones: Rosa M. Curto

Mariquilla y el pino
Mariquilla y la noche
Mariquilla en la nieve
Mariquilla va de fiesta

Texto: Josefa Contijoch
Ilustraciones: Luis Filella

serie al TROTE

El loro parlanchín
El pollito repetido
La tortuga Pocoapoco
La vaca gordita

Texto: David Paloma
Ilustraciones: Francesc Rovira

Caray, ¡qué lista es mi madre!
¡Caramba con los amigos!
Mecachis, ¡quiero ser grande!
¡Oh, qué voz tiene el león!

Texto: Ricardo Alcántara
Ilustraciones: Emilio Urberuaga

El hielo de patinar
La niebla del escondite
El arco iris
El muñeco de nieve

Texto: Xoán Babarro
Ilustraciones: Carmen Queralt

La abuela tiene una medicina
La abuela no quiere comer
El abuelo sale de paseo
El abuelo es sabio

Texto: Fina Casalderrey
Ilustraciones: Xan López Domínguez

serie al GALOPE

Buenas noches, Víctor
Texto: Lluís Farré
Ilustraciones: Marta Balaguer

Unos ratones insoportables
Texto: Elena O'Callaghan
Ilustraciones: Petra Steinmeyer

Un banco al sol
Texto: Joan de Déu Prats
Ilustraciones: Estrella Fages

El robot Internot
Texto: Àngels Prat
Ilustraciones: Fina Rifà

Arena en los zapatos
Texto: Pep Molist
Ilustraciones: Maria Espluga

El ogro maloliente
Texto: Joles Sennell
Ilustraciones: Montse Tobella

Una buena costumbre
Texto: David Paloma
Ilustraciones: Teresa Novoa

Aquilino pinta una nube y un camaleón
Texto e ilustraciones: Pinto & Chinto

¡Selena, Seleeena!
Texto: Mar Pavón
Ilustraciones: Subi

La luna contenta
Texto: Elisenda Queralt
Ilustraciones: Montse Adell

© 2000, Àngels Prat; Fina Rifà
© 2000, Combel Editorial, S.A.
Caspe, 79. 08013 Barcelona – Tel.: 902 107 007
combel@editorialcasals.com
Diseño de la colección: Bassa & Trias
Segunda edición: abril de 2006
ISBN: 84-7864-478-4
ISBN-13: 978-84-7864-478-0
Depósito legal: M-14.832-2006
Printed in Spain
Impreso en Orymu, S.A. – Pinto (Madrid)